AF494448

VENTE APRÈS DÉCÈS DE

Mlle DARIA P. DE MIRIMONDE

TABLEAUX

ANCIENS ET MODERNES

AQUARELLES — DESSINS — GRAVURES

OBJETS D'ART ET D'AMEUBLEMENT

FAIENCES ET PORCELAINES

CATALOGUE

DES

TABLEAUX

ANCIENS ET MODERNES

AQUARELLES — DESSINS — GRAVURES

Objets d'Art et d'Ameublement

FAIENCES ET PORCELAINES

OBJETS VARIÉS — MEUBLES

DONT LA VENTE APRÈS DÉCÈS DE

Mlle DARIA P. DE MIRIMONDE

aura lieu à Paris

HOTEL DROUOT, SALLE N° 2

LE MERCREDI 17 MAI 1911

à deux heures

COMMISSAIRE-PRISEUR

Me HENRI BAUDOIN, *Successeur de M. Paul CHEVALLIER*

10, rue de la Grange-Batelière

EXPERTS

Pour les Objets d'Art :

MM. MANNHEIM

7, rue Saint-Georges

Pour les Tableaux :

M. JULES FÉRAL

7, rue Saint-Georges

EXPOSITION PUBLIQUE

Le Mardi 16 Mai 1911, de 1 h. 1/2 à 5 h. 1/2

CONDITIONS DE LA VENTE

Elle sera faite au comptant.

Les adjudicataires paieront *dix pour cent* en sus des enchères.

Paris. — Imp. de l'Art, Ch. Berger, 41, rue de la Victoire.

La Collection de Mlle Daria P. de Mirimonde provient en majeure partie d'achats faits par son père. M. P. de Mirimonde, guidé par un goût très sûr, s'était occupé d'œuvres d'art à une époque où les toiles et les dessins, étant généralement en possession des artistes ou d'un très petit nombre d'amateurs éclairés, n'étaient pas aussi appréciés du public qu'ils le sont actuellement. Vivant en société d'artistes comme Michel Pascal, Pérignon père, etc., intimement lié avec le baron Las Case, qu'il avait beaucoup aidé dans la formation de sa collection, il avait acquis plusieurs morceaux de choix à des ventes célèbres vers 1850, entre autres celle de Pérignon et celle de l'atelier du peintre Girodet. Plusieurs dessins de ce maître font partie de la vente, entre autres, une étude pour le tableau Atala au Tombeau, *réplique de deux dessins faisant partie des cinq que Mlle de Mirimonde a légués au Musée du Louvre.*

DÉSIGNATION

AQUARELLES, DESSINS

GRAVURES

BERTIN (École de JEAN-VICTOR)

1 — *Paysage historique.*

Dessin à la plume et au lavis de bistre.

BOUCHARDY (ÉTIENNE)

2 — *Portrait de Thomas.*

Dessin aux crayons de couleur.
Signé et daté : *1816.*

BRAND (B.)

3 — *Bord de Rivière.*

Fusain.
Signé à droite.

BRAUWER (Attribuée à ADRIEN)

4 — *Le Violoneux.*

Aquarelle.

CICÉRI (Eugène)

5 — *Le Passage du ballon.*

Feuille d'éventail.
Aquarelle.
Signée à droite.

CICÉRI (Eugène)

6 — *Intérieur de village.*

Aquarelle.
Signée à droite.

CICÉRI (Eugène)

7 — *Effet de neige.*

Aquarelle.
Signée à droite.

CICÉRI (Eugène)

8 — *Une Rue de village.*

Aquarelle.
Signée à droite.

CICÉRI (Eugène)

9 — *Le Pont de bois.*

Aquarelle.
Signée à droite.

CICÉRI (Eugène)

10 — *Ruisseau sous bois.*

Fusain.

DEFAUX (ALEXANDRE)

11 — *Les Bords de la Seine à Rouen.*

Dessin au crayon noir.
Signé et daté : *1885.*

DUSART (CORNÉLIS)

12 — *Deux buveurs.*

Aquarelles signées et datées : *1680.*
Dans le même cadre.

GIRODET (LOUIS)

13 — *La Mort d'un jeune Romain.*

Dessin au crayon noir rehaussé de gouache.

GIRODET (LOUIS)

14 — *Atala au tombeau.*

Dessin au crayon noir rehaussé de blanc.

GIRODET (Attribué à)

15 — *Ulysse dans l'île de Calypso.*

Dessin au crayon noir et à l'estompe.

GIRODET (Attribué à)

16 — *La Toilette.*

Dessin au crayon noir.

GIRODET (Attribué à)

17 — *Vénus et l'Amour.*

Dessin à la plume.

GROS (Attribué au BARON)

18 — *Guerrier tenant un cheval par la bride.*
Dessin à la plume.

GREUZE (D'après)

19 à 23 — *Neuf gravures.*

GUERCHIN (JEAN-FRANÇOIS BARBIÉRI, dit le)

24 — *Paysage avec figures.*
Dessin à la plume.

LE SUEUR (EUSTACHE)

25 — *La Glorification de la Vierge.*
Dessin à la sanguine.

MEULEN (Attribué à VAN DER)

26 — *Une Armée en campagne.*
Dessin à la plume et au lavis d'encre de Chine.

MURILLO (Attribué à)

27 — *L'Éducation de la Vierge.*
Dessin au lavis d'encre de Chine.

OSTADE (Attribué à ADRIEN VAN)

28 — *Un Buveur debout.*
Signé du monogramme.
Dessin à la plume et au lavis d'encre de Chine.

ROBERT (Attribué à HUBERT)

29 — *Étude de figures.*
Dessin à la plume et au lavis de bistre.

ROMAIN (Attribué à Jules)

30 — *Guerrier combattant.*

Dessin à la plume et au lavis de bistre.

ROMAIN (Attribué à Jules)

31 — *Un Guerrier.*

Dessin au lavis de bistre rehaussé de blanc.

TIÉPOLO (Dominique)

32 — *Groupe d'amours.*

Signé à droite.
Dessin au lavis de bistre.

TIÉPOLO (Dominique)

33 — *Centaure et satyre.*

Dessin à la plume et au lavis de bistre.
Signé à gauche.

TIÉPOLO (Dominique)

34 — *Centaure et faunesse.*

Dessin à la plume et au lavis de bistre.
Signé à droite.

VASARI (Attribué à)

35 — *L'Enterrement d'un moine.*

Dessin à la plume et au lavis de bistre.

WOUWERMAN (Attribué à)

36 — *Scène de campement.*

Dessin à la plume et au lavis d'encre de Chine.

ÉCOLE FRANÇAISE (XVIIIe siècle)

37 — *La Cascade.*

Aquarelle.
Signée à gauche et datée : *1793.*

ÉCOLE HOLLANDAISE (XVIIe siècle)

38 — *Page dans un parc.*

Aquarelle.

ÉCOLE ITALIENNE (XVIIe siècle)

39 — *L'Enlèvement des Sabines.*

Dessin à la plume et au lavis de bistre.

ÉCOLE MODERNE

40 — *Une Basse-cour à Montmartre.*

Aquarelle datée : *1831.*

41 — Gravures anciennes et modernes. (Ce numéro sera divisé.)

42 — Photographies d'après les maîtres anciens et modernes.

TABLEAUX

ANCIENS ET MODERNES

BOURDON (Sébastien)

43 — *Le Campement.*

Toile. Haut., 45 cent.; larg., 54 cent.

BRAND (B.)

44 — *Bords de rivière. Effet d'hiver.*

Signé à droite.

Bois. Haut., 15 cent.; larg., 24 cent.

BRIL (Attribué à Paul)

45 — *Paysage avec ermite dans le désert.*

Peinture sur cuivre.

Haut., 26 cent.; larg., 34 cent.

BRUEGHEL (École de)

46 — *Paysage avec cours d'eau et figures.*

Bois. Haut., 19 cent.; larg., 28 cent.

DEFAUX (Alexandre)

47 — *Bord d'étang.*

Signé à droite.

Toile. Haut., 32 cent.; larg., 45 cent.

GÉRICAULT (Attribué à)

48 — *Thésée combattant le Minotaure.*

Toile. Haut., 44 cent.; larg., 55 cent.

HUYSUM (Attribués à Van)

(deux pendants)

49-50 — *Fleurs et fruits.*

Toiles. Haut., 63 cent.; larg., 46 cent.

LINGELBACH (Jean)

51 — *Le Départ pour la promenade.*

Signé à droite et daté : *1670.*

Bois. Haut., 50 cent.; larg., 46 cent.

MAYER (Attribué à Mlle Constance)

52 — *Jeune Femme assise.*

Toile. Haut., 26 cent.; larg., 22 cent.

NETSCHER (Attribué à Gaspard)

53 — *Cléopâtre.*

Bois. Haut., 37 cent.; larg., 30 cent.

PATEL (Pierre)

54 — *Tobie et l'Ange.*

Bois. Haut., 13 cent.; larg., 16 cent.

PATEL (Pierre)

55 — *Danse et musique dans un parc.*

Toile. Haut., 40 cent.; larg., 63 cent.

SYLVAIN

56 — *Fruits et objets de cuisine.*

Signé à gauche.

Toile. Haut., 72 cent.; larg., 90 cent.

SYLVAIN

(DEUX PENDANTS)

57-58 — *Poissons et vases de cuivre.*

Signés à droite.

Toiles. Haut., 60 cent.; larg., 72 cent.

THOMAS

59 — *Plusieurs études de paysage.*

Peintures.

TIÉPOLO (Attribué à DOMINIQUE)

60 — *Un Vieillard.*

Toile. Haut., 75 cent.; larg., 63 cent.

VAN DYCK (École de)

61 — *La Vierge, l'Enfant Jésus, un personnage et des anges.*

Toile. Haut. 1 m. 20 cent.; larg., 1 mètre.

WEENIX (Attribué à JEAN)

62 — *Port de mer.*

Toile. Haut., 90 cent.; larg., 1 m. 14 cent.

ÉCOLE FLAMANDE (XVIIe siècle)

63 — *L'Annonciation.*

Bois. Haut., 53 cent.; larg., 40 cent.

ÉCOLE FRANÇAISE (XVIIIe siècle)

(DEUX PENDANTS)

64-65 — *Fêtes champêtres.*

Bois. Haut., 22 cent.; larg., 27 cent.

ÉCOLE ITALIENNE

66 — *La Vierge et l'Enfant Jésus.*

Peinture sur marbre.

Haut., 28 cent.; larg., 22 cent.

ÉCOLE MODERNE

67 — *Un Coin de rue.*

Toile. Haut., 45 cent.; larg., 32 cent.

ÉCOLE MODERNE

68 — *Figure allégorique.*

Toile. Haut., 1 m. 26 cent.; larg., 2 m. 23 cent.

ÉCOLE MODERNE

69 — *Nature morte.*

Toile. Haut., 1 m. 62 cent.; larg., 1 m. 32 cent.

70 — Tableaux anciens et modernes. (Ce numéro sera divisé.)

FAIENCES ET PORCELAINES

71 — Petit bassin, décor bleu. Ancienne faïence de Moustiers.

72 — Grand plat octogone, décor bleu. Ancienne faïence de Rouen.

73 — Plat long, décor à la double corne. Ancienne faïence de Rouen.

74 — Compotier, décor à la corne. Même faïence.

75 — Grand cache-pot, décor bleu. Faïence française.

76 — Plat long : fleurs et insectes. Faïence française.

77 — Jardinière-applique : guirlandes en bleu. Faïence française.

78 — Cache-pot cylindrique, décor de rocailles. Même faïence.

79 — Groupe : la Vierge et l'Enfant Jésus. Même faïence.

80 — Deux potiches et deux cornets, décor bleu. Ancienne faïence de Delft.

81 — Deux potiches à pans avec couvercles, décor bleu de style chinois. Ancienne faïence de Delft.

82 — Plat en ancienne faïence de Delft, à quatre réserves sur fond vert.

83 — Six plats, décor bleu, en ancienne faïence de Delft.

84 — Dix assiettes, décor bleu. Même faïence.

85 — Trois petites assiettes, décor bleu. Même faïence.

86 — Petite assiette, décor polychrome. Même faïence.

87 — Plateau, décor bleu. Ancienne faïence de Savone.

88 — Assiette, décor de fleurs. Ancienne porcelaine de Saxe.

89 — Six tasses avec soucoupes, décor de fleurs. Ancienne porcelaine de Saxe.

90 — Plat, décor bleu : les Huit Immortels. Ancienne porcelaine de Chine.

(*Vente Marquis.*)

91 — Deux assiettes creuses : fleurs et lambrequins. Ancienne porcelaine de Chine.

92 — Assiette, ancienne porcelaine de Chine à armoiries, d'or à l'écureuil au naturel.

93 — Assiette : monogramme timbré d'une couronne. Ancienne porcelaine de Chine.

94 — Assiette, décor en grisaille : monogramme. Même porcelaine.

95 — Petit cornet, coq et arbuste. Ancienne porcelaine de Chine.

96 — Grand plat : fleurs. Ancienne porcelaine de Chine.

97 — Grosse théière, fond capucin, à réserves. Ancienne porcelaine de Chine.

98 — Saucière : haie fleurie. Même porcelaine.

99 — Environ seize assiettes variées en ancienne porcelaine de Chine. (Seront divisées.)

100 — Compotier : fleurs. Ancienne porcelaine de la Compagnie des Indes.

101 — Compotier, décor de bandes en bleu. Même porcelaine.

102 — Réchaud, décor bleu. Ancienne porcelaine de la Compagnie des Indes.

103 — Légumier rond avec couvercle, décor de fleurs. Ancienne porcelaine de la Compagnie des Indes.

104 — Lot de tasses et soucoupes en porcelaines variées.

105 — Cache-pot, fond vert, en porcelaine, du commencement du XIXe siècle.

106 — Deux cache-pots, à décor de paysages. Porcelaine.

OBJETS VARIÉS

107 — Deux petits cornets en émail de Canton.

108 — Lot de coffrets en bois.

109 — Petit tabernacle en bois sculpté, orné de colonnettes.

110 — Gril en fer, du XVIIIe siècle.

111 — Lot de verrerie.

112 — Sous ce numéro, plats, bassinoires, cuillers, flambeaux, pelles et pincettes, jardinières, etc. (Sera divisé.)

113 — Plats, pichets, flambeaux en étain. (Seront divisés.)

114 — Pendule en bronze doré, ornée d'une statuette de Mme de Sévigné assise. Époque Restauration.

MEUBLES

115 — Armoire à deux portes en bois sculpté à moulures, du XVIIIe siècle.

116 — Buffet à deux corps en bois sculpté, du XVIIIe siècle.

117 — Vaisselier en bois sculpté, du XVIIIe siècle.

118 — Frise en bois sculpté, munie de crochets de cuivre.

119 — Secrétaire en acajou, à abattant, portes et tiroir. Époque Louis XVI.

120 — Commode en acajou et cuivres, à dessus de marqueterie. Époque Louis XVI.

121 — Autre semblable, à dessus de marbre blanc.

122 — Canapé, deux fauteuils, quatre chaises et un tabouret en bois sculpté, couverts en tissu à fleurs.

123 — Tenture assortie.

124 — Commode en acajou, dessus de marbre. Époque Restauration.

125 — Petite table, sur pieds tournés, en bois.

126 — Deux fauteuils en bois sculpté, couverts en satin rouge broché. Époque Restauration.

127 — Quatre chaises en bois sculpté, couvertes en tapisserie au point.

128 — Deux chaises et un tabouret en bois sculpté.

www.ingramcontent.com/pod-product-compliance
Ingram Content Group UK Ltd.
Pitfield, Milton Keynes, MK11 3LW, UK
UKHW020533180726
13839UKWH00005B/2492